DES

Avantages

DE

La Légitimité.

DES

Avantages

DE

La Légitimité,

DISCOURS QUI A REMPORTÉ LE PRIX D'ÉLOQUENCE A LA SOCIÉTÉ
ROYALE DES BONNES-LETTRES, SÉANCE DU 3 MAI 1824.

Par M. Audibert.

> .... Si seulement j'eusse été
> mon petit-fils.......
> BUONAPARTE (*Mémorial de S.-Hélène*).

PARIS.

CHEZ C. J. TROUVÉ, IMPRIMEUR-LIBRAIRE,
RUE DES FILLES SAINT-THOMAS, N. 12.

1824.

Un homme, en uniforme, les bras croisés
sur la poitrine, et le front soucieux, car le
moment étoit décisif, se promenoit seul, un
soir, à grands pas, dans un salon éclatant
de lumière et d'or. Au milieu de ce salon,
sur une table richement ornée, on voyoit
deux portefeuilles, une carte d'Italie à moitié
déroulée, et des papiers que pressoit un
Sphinx, dont le modèle étoit venu d'Egypte;
sur un fauteuil une épée étoit jetée en tra-

vers : cet homme, c'étoit Buonaparte ; ce salon, les Tuileries ; ce moment, le consulat.

La pendule alloit marquer minuit ; Buonaparte, en passant, la regardoit avec impatience : il avoit mandé secrètement trois personnages dont l'influence étoit puissante sur chacun des partis qui l'observoient encore alors, en cherchant à le deviner et à le conquérir. On ne le faisoit point attendre : c'est l'heure qui n'arrivoit pas. Elle sonne enfin ; on ouvre ; trois hommes se présentent : le premier, c'est Fouché ; Carnot le suit de près. Sur quel sujet viennent-ils délibérer ? Cette fois, du moins, ce ne peut être sur un crime : Fontanes est le troisième.

Autour de la table chacun s'est rangé. Buonaparte, resté debout, prend la parole avec son impétuosité accoutumée : === On vient d'attenter à mes jours, dit-il ; les républicains murmurent ; les royalistes s'agitent ; au tribunat, une minorité factieuse se lève, m'attaque, et cherche à me ruiner dans l'esprit du peuple, en me jetant le nom de Cromwell. C'est quelque chose du moins que, même pour ternir ma gloire, il faille le nom d'un grand homme. Cette gloire, la Vendée plus généreuse la respecte, et songe à me combattre. Que se passe-t-il? que me veut-on? La poussière de Marengo est encore sur mes habits, et la joie de cette journée a disparu des visages! Quoi donc! aux yeux de cette France oublieuse, la trace de mes pas à travers les Alpes seroit-elle déjà effacée, quoique fraîche d'hier?

= Les services rendus à la France par le premier consul, répond Fontanes, ne sont pas de nature à permettre l'ingratitude. Méconnoître de tels souvenirs, ce seroit répudier la gloire. La France en est si loin, qu'elle regarde avec orgueil la main qui éleva une digue à l'anarchie, un appui à l'ordre, un rempart à nos frontières. Mais de plus grandes espérances, autorisées par le premier consul, qui les a laissé naître, sont impatientes et veulent être satisfaites. == Je vous comprends, dit Buonaparte : il faut des Bourbons aux royalistes ; leur reconnoissance ne se donne qu'à ce prix. == Et c'est à ce prix, reprend Carnot, que les vrais républicains vous devroient leur haine. Les espérances des royalistes sont la source où nous puisons nos craintes.

Buonaparte.

Je le vois, l'instant est venu de parler en

face à tous les partis ; chacun doit savoir à quoi s'en tenir. Royalistes et républicains se disputent mon épée : qu'une position forte, avouée, apprenne à tous que je ne veux aller sur le terrain de personne. Dès ce moment, tout le monde me viendra. Paris ne murmure-t-il pas déjà que j'aspire à quitter mon chapeau de général pour la couronne?

Carnot.

C'est encore un de ces bruits qui, semés contre le premier consul, ne contribuent pas médiocrement à troubler les esprits.

Buonaparte.

Si tout Paris voit le sceptre à travers les faisceaux consulaires dressés par le peuple autour de moi, tout Paris a raison : le bruit

répandu vient d'ici ; mes ennemis en sont
innocens. Il étoit nécessaire d'instruire l'o-
pinion publique de ce grand dessein, non
que je veuille la consulter, mais pour qu'elle
s'y prépare. Un tel acte, au reste, quoique
bien arrêté, a besoin d'être profondément
mûri : c'est pour cela que je vous ai rassem-
blés. En échange de ma pensée, livrez-moi
la vôtre. J'autorise et j'excuse d'avance la
hardiesse de vos conseils. Les conseils hardis
ne me déplaisent que lorsqu'on charge le
peuple de me les transmettre ; car, dans ce
cas, si je résiste, parce qu'il le faut, il semble
que je dédaigne la voix publique, et, si je
cède, parce que cela est juste, tout le bien
que je fais n'a plus l'air que d'une obéis-
sance. Parlez ; montrez-moi des obstacles
réels ; dès lors je renonce à mon projet : non,
ce seroit trop promettre... je le diffère. Cha-

cun de vous est l'organe d'un parti : que ce parti fasse passer par votre bouche ses doctrines, ses croyances, ses besoins. Je veux tout connoître, tout, jusqu'aux secrets de son affection, si je le sers; jusqu'aux ressources de sa vengeance, si je l'opprime. Prononcez même le nom des Bourbons, sans plus de crainte que si les fleurs de lis paroient ces murs. Des espérances vivent encore pour cette dynastie en exil, mais non pas oubliée, je le sais trop; et Fontanes plaidant leur cause ne fera que m'ouvrir un cœur où j'ai déjà plongé. Soyez-en bien avertis, tout autre langage sentiroit le courtisan : j'ai bien assez de valets de ma fortune, qui ne savent pas même attendre ma pourpre pour se courber. Je suis las déjà comme un roi : vous, du moins aujourd'hui, ne m'en donnez encore ni le titre, ni les fatigues.

Il achève ces mots, et s'assied. Carnot étoit pâle, ses lèvres trembloient; Fontanes, le bras appuyé sur la table, cachoit mal son étonnement; Fouché négligemment jouoit avec une plume. C'étoit un spectacle tout à la fois curieux, imposant et terrible, que ces hommes prêts à délibérer, pendant le sommeil de tout un peuple, sur un événement qui aura changé les destinées de ce peuple à son réveil. Là, Carnot rassemble les facultés de son esprit, afin de tenter un dernier effort en faveur de la république : heureux s'il parvient à détourner le coup qui va ruiner une cause à laquelle il est attaché par des principes et plus encore par un crime! Près de lui, Fontanes, profondément ému, place son espérance dans la légitimité, dont il va montrer les avantages, pour faire reculer Buonaparte, s'il est possible, à l'aspect de la société violée dans ce qu'elle a de plus sacré. Vis-à-vis d'eux, le révolutionnaire Fouché, qui n'eut jamais la conscience d'une opinion, ni les illusions d'un parti, fait tranquillement son compte d'égoïsme. Il voit, dans une dynastie nouvelle de la sécurité et du profit : c'en est assez; il pourra dormir sur ses richesses et sur ses remords. Quant à Buonaparte, il regarde ses trois interlocuteurs, et cherche par quel dehors favorable il pourra déguiser son usurpation et façonner sa puissance de telle sorte qu'elle devienne un mélange de tous les principes, de tous les souvenirs, de toutes les illusions, et que chacun des partis puisse oublier, sous les caresses d'un maître, qu'il a été vaincu.

Tout ce qui peut remuer le monde politique se trouve en présence : la légitimité.

l'usurpation, la république et l'esprit révolutionnaire. La lutte va s'engager. Le silence qui la précède étoit devenu si profond, qu'on entendit, dans la cour du Carrousel, le bruit uniforme et lourd d'une patrouille qui passoit. Par un mouvement involontaire, Carnot écoute, et tourne ses yeux vers la croisée. Ce sont les grenadiers de la garde consulaire, dit Buonaparte, qui veillent autour du palais.

Carnot.

Et peut-être ces grenadiers étoient-ils sur le pont d'Arcole, où ils triomphoient aux cris de *vive la République!* cette république que leur général veut détruire aujourd'hui. Consul! comme eux, si je n'ai pas combattu, j'ai du moins armé leurs bras, formé leurs cohortes, et la république qu'ils ont sauvée me doit les quatorze armées qui l'ont fait vaincre : non que je veuille invoquer ces services pour y chercher quelque gloire : je n'ai fait que remplir le devoir du citoyen, et le citoyen, ne gardant rien pour lui, se plaît à parer la patrie des services qu'il a rendus. Mais à toute l'Europe soulevée contre la république, si j'ai répondu par la guerre, tu ne dois pas attendre de moi foiblesse ou complaisance, toi qui te soulèves contre elle à ton tour. Le vainqueur de l'Europe n'obtiendra pas plus que l'Europe elle-même. Tu m'invites à parler, je t'engage à m'entendre. Les accens d'une âme libre n'ont pas besoin qu'on les encourage ; ils n'ont jamais demandé qu'une seule grâce : c'est de n'être point étouffés.

=Ce ne sera jamais moi qui refuserai cette

grâce, interrompit vivement Buonaparte ; je laisse aux pouvoirs débiles la crainte d'une parole et l'effroi des pensées écrites : ils ont raison pourtant, car la pensée les ébranle, et la parole les tue. Mon pouvoir est plus robuste : pour guide, il a ma volonté ; pour appui, mes arsenaux. Ce que peut ma volonté, on le sait, puisque je suis ici ; ce que peuvent mes armes, qui l'ignore ? Le canon des Invalides n'est jamais longtemps sans apprendre comment je réponds aux ennemis du dehors ; ceux de l'intérieur seroient-ils plus épargnés, s'ils le falloit ? Un pouvoir fort, tel que sera le mien, doit arriver à ce point, de tout permettre contre lui, écrits et paroles, et que personne n'ose écrire ni parler, retenu par la seule crainte de lui déplaire. Poursuivez.

Carnot.

Cette étendue de puissance et de volonté m'est trop connue pour que je n'entreprenne pas, confondant la république et son consul dans une même affection, de prouver qu'il y a danger pour tous deux, s'ils se séparent; gloire, s'ils restent unis. Qu'avons-nous vu jusqu'à ce jour, parmi tant de grands hommes dont les anciennes républiques nous ont laissé le nom? des citoyens, qui, arrivés à une grande renommée au prix du sang de leurs concitoyens, ont tout à coup marché contre les lois pour lesquelles ils s'étoient armés; et, détournant vers eux l'amour que le soldat ne doit qu'à la patrie, ont élevé leur fortune sur les débris de la fortune publique. Comment nous sont-ils arrivés à travers les siècles? Je t'en fais juge. Parmi les ac-

tions de leur vie, en est-il une que toutes
les générations, en passant, ne flétrissent tour
à tour, comme si le sort de ces grands par-
jures étoit d'être maudits par l'espèce hu-
maine tout entière, à chaque fois qu'elle se
renouvelle. Toi qui es à cette époque heureuse , où la patrie compte ses beaux jours
par chacune de tes victoires ; toi qui es encore en-deçà du Rubicon, veux-tu ne pas
t'en tenir à la première part de gloire qui
t'associe à César vainqueur? Ne renonceras-
tu point à suivre César coupable sur l'autre
rive? Crois-moi : le seul moyen de te placer au-dessus de lui, c'est d'être vertueux.
Que sa mort t'éclaire comme sa vie, et que
l'histoire qui l'a flétri, t'instruise autant que
le poignard de Brutus qui l'a frappé. Ouvre
à ton ambition un champ nouveau : prendre un trône est une chose faite avant toi :

le dédaigner est encore à faire. Épargne-nous une nouvelle preuve, que la gloire des armes n'est, d'ordinaire, qu'un instrument d'attentats politiques. Pourquoi te mêler aux Sylla, aux César, aux Cromwell? Ce cortège de héros criminels a-t-il besoin d'un nom de plus? il n'est déjà que trop nombreux. Reste citoyen; tu es trop grand pour vouloir devenir autre chose; et, puisqu'un peuple t'a remis sa liberté, tu ne saurois sans crime porter la main sur ce précieux dépôt. La dictature, il est vrai, a rendu la vie à l'État, près de s'éteindre. Mais que faut-il en conclure? qu'elle est utile à certaines époques. Les Fabius, les Camille l'ont exercée; comme eux, on t'en a investi : il sera beau d'achever la ressemblance, en sachant, comme eux, la quitter. La dictature est un remède violent, et, par conséquent, de peu de durée. La prolonger, ce n'est plus un remède, c'est la mort. Tu le vois, je te parle avec la franchise d'un citoyen qui n'a d'autre ambition que le bien public. Tu es plein de force et de gloire ; mais il est quelque chose de plus fort que le génie d'un homme : ce sont les droits de tous ; il est quelque chose de plus glorieux qu'un trône : c'est l'égalité.

= Fouché qui, pendant ce discours, avoit paru plus occupé d'étudier les traits de Buonaparte que d'écouter l'orateur ; Fouché, qui avoit cherché à deviner la pensée de l'un, sans trop prêter l'oreille aux paroles de l'autre, répondit, avec une sorte de légèreté, qu'il s'agissoit de la France, et non d'une république, rêvée par l'imagination de son collègue. — Carnot se nourrit d'idées chimériques, ajouta-t-il, et semble étranger au monde réel; il raisonne comme à Sparte, n'oubliant qu'une chose, c'est qu'il est à Paris. Avec sa candeur, que je m'abstiens de qualifier, il se persuade que ce qu'il pense est la pensée de tous les hommes. Ce qui lui paroît sage, il croit naïvement, que pour tout le monde, c'est aussi la sagesse. Les mœurs, les intérêts, les habitudes, l'état positif de la France, voilà ce qu'il ignore. Il nous parle de l'ancienne Rome, qui dort paisible dans nos bibliothéques, et il ne songe seulement pas à la Vendée, qui, vivante, se réveille et remue. Les noms de César et de Sylla sont dans sa bouche; mais il ne soupçonne même pas les projets médités en ce moment par l'héritier du nom de Larochejaquelein. Carnot veut qu'on lui fasse une république, parce que c'est la seule chose qu'il aime. A-t-il su la faire? Non. Les girondins furent-ils plus habiles? La sagesse des actions, chez eux, répondit-elle à l'éclat des discours? Rappellerai-je leurs crimes? Par l'effet d'une maladresse inouïe, ces crimes furent des fautes, ce qui est bien pis en politique. Où sont-ils tous ces républicains? L'échafaud nous le dira. Où est Carnot lui-même? en présence d'un dictateur, dont il fut un moment le ministre; et, sans ce dictateur, où seroit-il? dans un cachot, proscrit, ou mort. On ne façonne pas un peuple comme on arrange un roman; c'est avec l'expérience que l'on gouverne, non avec des systèmes. On fait d'ordinaire les lois à la taille des peuples: il falloit nos temps de folie, pour qu'on s'avisât de tailler d'abord les lois, de telle sorte qu'on a été obligé de faire ensuite violence aux peuples, pour les plier à ces lois. Les idées républicaines plaisent, je le sais, à quelques hommes; mais leur intérêt est en opposition avec ces idées. Indépendans dans leurs écrits, à la tribune, je les ai tous les matins dans mon antichambre. A les entendre, ils ne fléchiront jamais sous un roi, et, en attendant, ils se courbent devant mes chefs de bureau. Quand le consul le voudra, nous verrons tous ces Brutus se parer d'un habit de chambellan. Eh! mon dieu, le temps n'est peut-être pas bien éloigné, où le citoyen Carnot lui-même aura des armoiries! Le parti républicain n'est rien, ne peut rien; il périra en France, comme il a péri en Angleterre. Quant aux royalistes, sans doute ils n'aiment pas le premier consul; mais ils le préféreront aux républicains, comme ceux-ci le préfèrent aux royalistes. Dans les temps de trouble, on n'obtient pas ce qu'on veut, mais on s'estime heureux d'éviter ce qu'on ne veut pas. Ainsi donc, s'il n'y a pas satisfaction complète de tous côtés, il n'y aura du moins résistance nulle part. La révolution, en individualisant la société, livre les hommes sans défense au pouvoir; il peut les prendre un à un, et tous céderont, car les plus forts et les plus habiles ne mettront qu'une condition à la séduction : c'est qu'elle soit définitive et sûre. Je dois m'y connoître : autrefois c'étoit le clergé qui interrogeoit la conscience publique; maintenant c'est le ministre de la police. Vous ne sauriez croire combien nos désordres politiques ont fatigué Paris et les provinces. Quand un peuple ne peut plus se reposer dans les vérités sociales qu'il a perdues, il se réfugie dans la force de la victoire, qui seule lui reste. Croyez-moi, chez les nations corrompues, le despotisme militaire est encore ce qu'il y a de plus moral. Long-temps l'esprit de parti tint lieu de vertu à la révolution; cet esprit, usé par sa violence même, a fait place à la cupidité et à la crainte. De toutes parts, on implore une main qui dispense la fortune, et qui soutienne les existences compromises ou chancelantes; cette main, la voilà. Les révolutions, d'ailleurs, ont toutes fini par un homme, et aucune n'a eu le bonheur de rencontrer un homme aussi extraordinaire que celui dont le génie gouverne déjà la France, en attendant que la pourpre l'ait fait roi. C'est donc une affaire qui ne regarde plus que le maître des cérémonies, et c'est lui seul qu'il faudroit consulter.

=Il me semble qu'il y auroit quelque chose de plus sûr encore à consulter, dit Fontanes, en laissant tomber sur l'homme qui venoit de parler un regard de mépris. === Et quoi donc? reprit Buonaparte.

Fontanes.

La justice.

Buonaparte.

Que veut-elle? Le rappel de la dynastie proscrite, ainsi que la Vendée en a fait pénétrer le vœu jusque dans mon palais?

Fontanes.

Pourquoi n'oserions-nous pas vous le demander, puisque vous nous l'avez laissé croire?

Buonaparte.

Ce rôle est déjà joué; Monck l'a pris. Je

ne veux pas copier l'histoire, je veux la
faire.

Fontanes.

Je pensois qu'il falloit au vainqueur de
l'Italie autre chose qu'un rôle; voilà pourquoi je lui proposois un devoir. On vous a
dit vrai, consul : nos affections, nos souvenirs, et, plus encore, notre religion, tout
nous entraîne vers la monarchie. La tempête
politique a tout courbé; à peine est-elle
passée, tout se relève. La société demande
d'elle-même à rentrer sous le Gouvernement royal. C'est le navire qui, dès que le
vent cesse de le contrarier, se dirige vers le
port; et, ce qu'il y a de plus remarquable,
c'est qu'à l'instant où le premier consul a pro-
clamé la révolution finie, le nom des Bourbons s'est trouvé dans toutes les bouches :

tant il y a de logique dans le simple bon sens d'un peuple !

Buonaparte.

Quoi donc ! n'aurois-je combattu que pour cette famille ?

Fontanes.

Rendre à la France son roi, n'est-ce pas avoir combattu pour la France ?

Buonaparte.

Au milieu des factions, seul je puis porter le sceptre.

Fontanes.

Le premier consul seroit et plus juste et plus vrai, s'il disoit que seul il peut le rendre à ses véritables maîtres.

Buonaparte.

Je monte au trône, suivi de trente victoires.

Fontanes.

Les Bourbons y reviennent précédés de quatorze siècles de bienfaits.

Buonaparte.

Il y a de la gloire à chaque page de ma vie.

Fontanes.

Et la plus belle de ces pages est encore à faire.

Buonaparte.

C'est le sort, et non pas moi, qui juge ce grand procès. La dynastie des Bourbons a eu son tour : le courant des siècles la rejette, après l'avoir si long-temps portée. La chaîne héréditaire est rompue ; une cause nouvelle se présente : c'est la mienne.

Fontanes.

Et quelle est votre cause? la république? vous la détruisez; la révolution? vous l'arrêtez, et, après l'avoir prise pour compagne, vous la rendez votre ennemie. L'affection déçue est bien près de la vengeance. Vous verrez cette révolution, cherchant à vous punir de tout le bien qu'elle vous a fait, aussi ardente à vous abattre qu'elle le fut à vous élever; car la haine des partis qu'on délaisse est bien plus terrible que la haine des partis que l'on a toujours combattus.

Buonaparte.

Je détruis la république, mais je conserve

ses principes et quelques-unes de ses idées, ou plutôt de ses illusions. Qu'est-ce qui flatte les peuples dans le gouvernement républicain? c'est d'avoir un sénat où tous les mérites arrivent, et d'où partent toutes les lumières; à moi seul, je ferai ce travail de tout un sénat; partout où, dans la population, un point lumineux brillera, mes regards iront chercher un homme. Dans une nation spirituelle comme la nôtre, le talent est une puissance : sa place est donc auprès de moi; je puis en supporter le voisinage; cette heureuse association me mettra en rapport avec le peuple et me fera régner sur son intelligence. Je ne veux pas qu'on m'obéisse seulement par crainte, je veux encore moins qu'on me serve pour un salaire. Vous parlez de la révolution; que fut-elle? une explosion des idées qui n'étoient plus en harmonie avec l'ordre existant; l'explosion a eu lieu; l'ordre est détruit : il faut le rétablir; il y a donc un retour dans les esprits vers les opinions qui avoient été délaissées. Voudroit-on voir dans la révolution ce besoin de s'élever qui tourmentoit les classes inférieures, tenues trop à la gêne par les supériorités sociales? ce besoin a été satisfait; la société tout entière s'est rompue, pour que chacun, suivant son ambition, pût passer; les hauts rangs ont été conquis : je suis à la tête de ces conquérans; ils ont pris de l'or, des places, des épaulettes; je prends le trône : chacun son lot. Ma conquête garantit la leur; ils dormiront dans leur fortune, tandis que je veillerai pour eux du haut de la mienne. Ainsi la révolution et la république n'auront rien à me reprocher : les comptes seront soldés.

Fontanes.

Mais la force, ce me semble, est impuissante à remplacer les droits, car le temps use la force, et le temps consolide les droits. Tous ces intérêts nouvellement créés, auront un sommeil paisible, alors seulement que la royauté de saint Louis les aura touchés et sanctionnés. La société a besoin d'être complète pour que chaque partie, bien à sa place, n'ait rien à redouter. Les Bourbons n'offrent à vos yeux qu'une famille; mais l'Europe l'envisage comme seule dépositaire d'un dogme auquel sont attachés le bonheur et le repos des Etats; ce dogme, c'est la légitimité. Soigneusement gardée par l'amour des sujets, cette famille semble être mise à l'écart, pour qu'elle tienne constamment en réserve un roi, tout prêt à remplacer le roi qui disparoît. Ainsi la couronne change de front, mais ne tombe jamais ; la mort même est impuissante à nous priver d'un monarque, car elle crée du même coup qu'elle frappe pour détruire. A l'instant même où l'on entend crier *le Roi est mort*, s'élève dans les airs un autre cri, *vive le Roi*. Quel est ce cortège lugubre qui marche vers Saint-Denis? quel est ce cortège de fête qui s'avance vers Reims? Ici un règne est achevé; là commence un nouveau règne; les chants plaintifs ont cessé, et déjà retentissent les hymnes d'allégresse , chantés pour saluer l'héritier de Clovis, apparoissant aux yeux de ses peuples, majestueux et fort de tout ce qu'ont fait ses aïeux, brillant et beau de tout ce qu'il fera lui-même : car il est à la fois le conservateur du passé et le garant de l'avenir.

Même du sein de nos discordes civiles, la légitimité, un moment abattue, se relève, et plane au-dessus de nos malheurs pour les réparer, au-dessus de nos haines pour les éteindre. On s'arme contre elle, et l'on ne peut se passer d'elle, dès que, fatigué de combattre, on demande à poser les armes. Elle est nécessaire même à ceux qui ne l'aiment pas. Les pages de notre histoire sont remplies de ces exemples mémorables. Sous Charles VI, l'Anglais voulut disperser la famille régnante, en la privant de ses droits. Charles VI cesse de vivre; l'héritier étranger qu'il a choisi, s'empare du pouvoir. Eh bien! Paris n'a dans son sein qu'un usurpateur: son véritable prince, son seul monarque est sur les bords de la Loire, emportant avec lui cette légitimité qui donne toujours des

soldats, car elle donne toujours des espérances ; cette légitimité émanée et protégée
d'en haut, dont Dieu fit éclater la force, en
confiant son triomphe à l'épée d'une jeune
fille qui s'en vint du hameau près du trône
pour chasser l'Anglais, délivrer la France,
rétablir son roi, combattre, prier et mourir.
Plus tard, le poignard d'un fanatique frappe
Henri III à Saint-Cloud ; on pensoit que là
finiroit la race royale. Eh bien ! Henri IV
réduit, avec quelques soldats fidèles, à défendre sa vie, ses droits et sa couronne contre l'étranger et même contre sa capitale,
Henri IV n'est pas seulement protégé par
son épée ; il l'est plus encore par cette légitimité contre laquelle on peut se révolter,
mais qu'on ne peut jamais détruire ; son
absence est une calamité publique, une

impuissance d'être; tout est désordre dans Paris, les mères n'ont pas même de pain pour leurs enfans ; mais dès que Paris ouvre ses portes, l'abondance, la paix, l'union, le bonheur, reviennent avec la légitimité : la France retrouve tout avec son roi : l'Eglise même compte un catholique de plus.

Voulez-vous un exemple plus récent? Rappelez-vous le spectacle qu'offrit la France, lorsqu'au départ de nos princes, trente mille familles, prenant ce départ pour un signal, se lèvent et courent se ranger sous le vieil étendard de la royauté : elles laissent leurs trésors, pour être plus promptes à partir; elles abandonnent leurs champs, qui leur seront ravis. Elle fait plus encore, cette noblesse généreuse : elle renonce à ses titres, à ses grandeurs ; elle se fait peuple ; car il ne faut pas seulement des officiers à la monarchie en exil, il lui faut aussi des soldats. Tandis qu'on meurt sur le Rhin, entrez dans nos églises : elles sont désertes ; l'autel n'a plus ses prêtres ; ils sont tous égorgés ou bannis. Quoi ! lorsque la royauté nous quitte, Dieu aussi se retire de nous ! Sans nos rois, nous ne pouvons pas même prier ! Mais ce ne sont pas seulement des nobles et des prêtres qui s'associent aux désastres du trône ; quatre-vingt mille Vendéens s'arment dans leurs campagnes ; et, si Condé, sorti de ses palais, marche et se bat à la tête de la noblesse française, Cathelineau, échappé de sa ferme, marche et se bat à la tête de ses paysans.

Ainsi, c'est quelque chose, comme on l'a

dit dans la chaire évangélique, que d'avoir des princes tout faits, et de n'être jamais obligé de remonter les grands ressorts de la royauté; ainsi, c'est quelque chose d'avoir vu qu'au moment même où l'on croyoit parmi nous détruire la monarchie, en frappant le monarque, la prison du Temple nous gardoit dans un enfant un nouveau roi. Mourant à son tour dans des douleurs que son âge n'auroit pas dû connoître, cet enfant laissa la couronne qu'il avoit reçue, sans la porter, au front d'un illustre exilé, roi de France dès lors, quoiqu'il fût sur le sol étranger, comme il l'auroit été ici dans le palais de ses pères.

Fille du christianisme, la légitimité se rattache aux choses qui ne sont pas de ce monde : comme si Dieu avoit voulu que sa religion, qui est éternelle, eût pour compagne une royauté qui fût aussi sans fin. Les nations idolâtres ont passé; quelques-unes n'ont laissé d'autre trace que leurs noms épars dans nos livres; la grande famille chrétienne, au contraire, se renouvelant sans cesse, ne périra jamais; et, lorsqu'elle ne sera plus sur la terre, c'est que la terre elle-même ne sera plus. Parmi ces nations passagères à qui Dieu ne s'étoit pas révélé, les rois étoient passagers comme elles, parce qu'ils n'étoient que l'ouvrage de la fortune, ou des caprices populaires; tandis que dans la société chrétienne, qui est stable, les rois ont aussi leur stabilité. Dieu lui-même les a faits; il les rend ses élus dans un berceau, aussi bien que sur le trône, dans les fers aussi bien que sur l'échafaud; car c'est par là que passent quelquefois ces grandes victimes, quand les empires ont besoin d'être renouvelés ; comme une autre victime plus grande encore passa jadis par la croix pour racheter le monde. Il est plus aisé de faire tomber leur tête, que d'effacer de leurs fronts l'empreinte sacrée. Encore enfant, Louis XIV est déjà roi ; Louis XVI n'a pas cessé de l'être, à l'instant de son départ pour le Ciel.

Ce droit divin que portent avec eux les rois véritables, ce droit placé si haut, est par là même retiré du milieu des passions humaines. L'ambition, qui aspire à tout, et ne respecte rien de ce qu'elle a besoin de détruire pour se frayer passage, s'arrête au pied des trônes légitimes, comme au pied d'un rempart sacré qu'il n'est pas permis de franchir. Quand un factieux tire l'épée, on sait d'avance, quels que soient ses succès, l'endroit où cette épée viendra se briser. N'est-il pas à craindre qu'il n'en soit de même pour vous? Rien ne séparera votre cœur du fer de l'un de vos lieutenans rebelles; ce trône où vous serez assis, son orgueil y pourra prétendre. Le génie et la force vous protègent; mais la force échappe au plus fort, et que peut alors le génie? en un mot, sans la légitimité, on occupe un trône, on ne le possède pas.

Pendant ce discours, le front de Buonaparte s'étoit chargé de nuages : il paroissoit dominé par quelqu'une de ces pensées qui d'ordinaire précèdent les grandes résolutions. Agité, il se lève. Ce mouvement inquiète Carnot, qui, se penchant vers Fouché, lui dit d'une voix émue : — Non content de trahir la république, va-t-il nous livrer à la famille royale? comme nous, il n'a pas à la craindre ; il est venu trop tard. — Il y a encore de la place pour lui, répond Fouché ; tout le sang des Bourbons n'est pas épuisé... Il sera des nôtres... S'approchant alors de Buonaparte, il lui parle d'un ton et d'un air mystérieux, de trahison... de complots... de d'Enghien. A ce nom de d'Enghien , Buonaparte vient à Fontanes, et s'animant par degrés : — Vous ébranlez ma position , lui dit-il , comme s'il m'étoit permis de la changer. Parce que les peuples m'obéissent , ils me croient libre; ils ne voient pas que je suis condamné en esclave à les commander. Pourquoi me poursuivre de ces droits que le sort ne m'a point départis? puis-je me donner la sanction des siècles, moi, fils des batailles d'hier? la fortune marche rapide devant moi ; je la suis ; un trône est sur la route : il faut bien que je le touche en passant ; je ne l'ai pas cherché, je le rencontre. C'est en faisant dire aux peuples chaque matin, *où va-t-il?* que je les tiens en haleine, que je les étonne. Etonner le monde, c'est le soumettre. Mon gouvernement ne tarderoit pas à devenir ridicule, si je ne me hâtois de le changer. Ces mots de consul, de tribun, toute cette parure de la vieille Rome s'accordent mal avec nos habitudes frivoles et notre vivacité railleuse. Que faire? si je me jetois dans la liberté, elle m'engloutiroit ; je suis déjà trop coupable envers elle. Si je me rapprochois des Bourbons, ma présence les gêneroit étrangement : je n'ai pas la taille d'un sujet. L'empire de Charlemagne, voilà mon seul refuge : je le refais à mon profit ; je

fonde une dynastie nouvelle. Je vous l'ac-
corde pourtant : si j'étois seulement mon
petit-fils, je m'en tirerois mieux. La légitimité a ses avantages : qui en doute? ce ne
sont pas les usurpateurs assurément : mais
ne puis-je lui en dérober quelques-uns? L'a-
pôtre de Rome viendra, de ses doigts pieux,
toucher ma couronne. L'huile qui fit Clovis
roi coulera sur mon front. La noblesse est
proscrite, dépouillée; je la rappellerai, je la
fortifierai de toutes les illustrations qui se
sont élevées à travers les orages. Nos camps
ont vu de nouveaux Bayards : Bayard faisoit
son roi chevalier ; c'est moi qui ferai mes
braves Comtes et Ducs. Les autels seront rendus à Dieu. Ma race est peu royale, mais en
restituant à la race des rois de France les
tombes de Saint-Denis d'où ils furent arra-
chés par la multitude, je me donnerai le

droit d'y placer la mienne un jour, à titre de restaurateur de leurs cendres. Ainsi la religion et la noblesse que je couvrirai de ma puissance, me prêteront, pour me couvrir à mon tour, leur légitimité.

Fontanes.

J'entends ; depuis le sacre de nos Rois, jusqu'aux noms les plus glorieux de la noblesse française, depuis l'autel du Christ jusqu'aux cendres royales, vous emprunterez tout à notre ancienne monarchie, afin sans doute qu'on s'aperçoive mieux combien vous lui êtes étranger. Pardonnez à mes discours, consul ; vous interrogez en moi une opinion : il faut bien qu'elle vous réponde. L'altérer dans sa franchise, ce seroit vous tromper : car vous croiriez être complétement instruit de ce que vous ne connaitriez qu'à peine.

Fontanes n'est rien ici: qu'il soit oublié; quelque chose au-dessus de lui vous parle : c'est le royalisme. Comment le royalisme ne vous le diroit-il pas ? Vous voulez lui rendre ses légitimités, et la seule par vous exceptée est précisément celle qui les couronne toutes. Vous cherchez des bases à votre puissance, et ce sont les bases du trône des Bourbons que vous choisissez ; en sorte que, de tant d'efforts, de tant de victoires, de tant de politique, il sortira la preuve que même l'usurpateur le plus heureux ne sauroit se passer des choses légitimes. Etrange position ! vos dangers naîtront de ce qui fera votre force. Vous rappellerez la noblesse ; la laisserez vous libre ? Vous la verrez alors courir à son Roi ; car le Roi est son véritable chef. Henri IV ne disoit-il pas qu'il étoit le premier gentilhomme de son royaume ?

vous releverez le clergé ; mais lui rendrez-
vous son indépendance? Vous le verrez alors
prier hautement pour son Roi, car le Roi
est le fils aîné de l'Église. Il faudra donc que
vous soyez en garde contre ce qui doit vous
appuyer, ou bien que vous effaciez vos bienfaits par la tyrannie, qui devient une condition de votre puissance. En effet l'usurpation, obligée d'agir sans cesse pour défendre
son existence douteuse, fatigue et désole
les peuples par une longue lutte contre eux.
Il faut que tout tremble, pour que rien ne
l'inquiète. La légitimité, au contraire, qui
n'en est pas réduite à tout arracher au con-
sentement des hommes, leur communique
cette sécurité dont elle jouit elle-même, et
qui n'est pas le moins précieux de ses avantages. La tyrannie!.... Ainsi donc, cette
France si belle, si noble, si généreuse,

cette France qui, à l'ombre du trône, vit naître et se développer le germe des libertés publiques, sera condamnée à l'esclavage, uniquement pour que vous puissiez régner ! Ce sera donc ici tout un peuple sacrifié à un homme, au lieu d'une famille sacrifiée à tout un peuple : oui, sacrifiée; car la légitimité, droit sacré qui protège les rois, est aussi un fardeau qui les oblige : ils ont mission de rendre les peuples heureux et libres. Pourrez-vous la remplir cette mission dans toute son étendue? Et lors même que vous y parviendriez, lors même que vous feriez oublier à la France votre usurpation, l'Europe se montrera-t-elle complaisante au point de vous admettre dans la grande famille des rois? et, si elle s'y refuse, l'alliance n'est-elle pas rompue? la France ne se trouvera-t-elle pas détachée de l'intérêt

commun? Vous le voyez, un seul principe
est violé, et tout tombe dans le désordre.

Buonaparte.

Je me ferai admettre dans cette famille des
rois, à la tête des bandes de Marengo; prenant position en Europe, comme sur un
champ de bataille, au-dessus de tous les
sceptres je placerai mon épée. Tout monarque qui ne voudra pas me traiter en égal
tombera mon sujet; il y aura profit pour lui
à me compter dans sa famille. C'est le temps,
dites-vous, qui donne la royauté; c'est moi
qui l'ôte. Voilà deux puissances qui se ba-
lancent et qu'il faudra également ménager :
la mienne pesera dans le droit public des
empires. Un tel système, moins à sa place
dans un palais que sous les tentes d'un
camp, aura ses détracteurs : déjà je les vois.

je les entends. Qu'importe? donne-t-on aux rois une épée pour qu'ils la laissent oisive parmi les joyaux de la couronne?

Fontanes.

Ainsi le glaive seul sera chargé de vous trouver des titres à l'alliance des monarques! Combien ceux du frère de Louis XVI sont plus sûrs et plus doux! On ne verra jamais en vous qu'un vainqueur. Louis, partout où il se montre, est empreint de la majesté suprême, n'eût-il pas même un soldat à sa porte. En embrassant sa cause, les chefs des empires se consolident, puisque, rois, ils respectent en lui ce que, peuples, il faut que nous respections en eux. Avec vous ils s'ébranlent, puisqu'ils se rendent complices de celui qui, pour arriver à leur puissance, ouvre un chemin où d'autres ne tarderont pas à passer. Croyez-moi, vous entreprenez un ouvrage impossible : non-seulement vous n'avez aucuns droits, mais vous violez les droits établis et par lesquels les monarques sont debout et vénérés dans le monde ; fussiez-vous toujours victorieux, ce seroit la preuve la plus forte de la fragilité d'un diadême qu'il faudroit ainsi soutenir et disputer, chaque jour, à la pointe de l'épée ; fussiez-vous continuellement heureux et grand, votre bonheur et votre génie seroient les plus puissantes objections contre votre autorité, puisque le trône, mis à la merci du plus habile ou du plus fort, deviendroit viager comme un homme, et périlleux comme la fortune. Votre usurpation est contre les rois légitimes une guerre qui aura des trèves, mais point de fin : vous les vaincrez, sans les abattre ; et quelque jour, malgré vos victoires et malgré leurs défaites, vous les verrez se lever et marcher contre vous ; toute l'Europe, déjà frappée par le meurtre de Louis XVI, va l'être de nouveau par l'usurpation de son trône. l'Europe sera la plus forte, et il n'est pas hors des événemens possibles qu'à la place même où un roi fut immolé, tous les rois dressent un autel pour expier, par un sacrifice saint, le double attentat du régicide et de l'usurpation.

=C'en est assez, dit Buonaparte ; vous venez d'ajouter une page de plus à mon histoire : ce n'est pas celle qu'il faudra en effacer. Si l'avenir doit être tel pour moi, on saura que je l'ai connu d'avance, sans qu'il ait pu effrayer ma résolution. Vous le montrez terrible : eh bien! la tête haute, je marche à lui. Pour première condition, le sort m'imposa l'audace : téméraire chez la plupart des hommes, elle est chez moi la sagesse. Qu'une ambition tremblante s'agite et se traîne dans les choses communes, je le comprends : la mienne est sortie des lignes de la société. Qu'ai-je à craindre? je n'ai rien devant moi, rien au-dessus; tout est en bas : la foudre seule se trouve ici; mais c'est moi qui la porte. Adieu, séparons-nous.

———

Ici, je cesse de raconter. L'histoire, chargée de ses faits récens et de son expérience, va parler à son tour; elle a mis en action ce que la politique avoit discuté. L'étranger qui se disoit fils aimé du destin, et qui n'étoit que l'instrument des colères célestes, prend sur l'autel, en présence de la France muette, le diadème de nos rois que tout soldat doit défendre, et qu'aucun soldat jusqu'alors n'avoit osé toucher. Devenu usurpateur, il passe de l'autel aux combats. Sur ses enseignes, il a placé l'aigle du Capitole, surprise de re- trouver ses anciennes fatigues et ses vieux cris de victoire. Il marche : ce ne sont plus des armées qu'il traîne à sa suite, ce sont des générations entières, noble dépouille de nos champs et de nos cités ; tout tremble sous ses pas. Le bruit de son existence, après avoir consterné les empires, va retentir jusque sous le chaume ; et, parce que les peuples parlent de lui dans leur effroi, et mêlent son nom à chacune de leurs calamités, il se croit et se dit populaire. C'est ainsi qu'Austerlitz, Iéna, Friedland, l'ont vu passer. Où va-t-il? que veut-il? Dans les murs de chaque capi- tale, il court demander aux rois qu'ils si- gnent un traité, où il se qualifie roi lui- même. Ses batailles n'ont pas d'autre but :

que tout le reconnoisse, peuples et monarques ; que les trônes antiques s'écroulent et
fassent place à des trônes nouveaux, pour
que le sien devienne le moins jeune, pour
qu'aucune légitimité ne puisse lui demander
compte de son usurpation. Oh ! qu'il faut
de sang pour suppléer aux droits d'un homme ! il triomphe pourtant ; tout cède ; tout se
tait ; tout est soumis, mais Dieu ne l'est pas ;
Dieu a voulu que la terre n'eût plus les
moyens de punir l'injustice, afin qu'elle
apprît de nouveau d'où la justice nous vient :
au jour marqué pour l'accomplissement de
ses desseins impénétrables, il prend le con-
quérant par la main, comme un autre Cy-
rus, et le mène presqu'aux extrémités du
globe, sans lui permettre de s'arrêter un
jour, une heure, tant Dieu est pressé d'en
finir ! mais dès qu'il le tient au Kremlin, là

il l'endort, pour donner le temps aux fri-
mas de l'enfermer dans une mer de glace,
qu'il traversera seul, après avoir vu de toutes
parts mourir ses soldats et sa fortune.

Nous le savons à peine, et déjà le fugitif,
qui avoit précédé, en courant, la nouvelle
de son désastre, s'est glissé la nuit dans nos
murs; nous le savons à peine et déjà le con-
quérant de toutes les capitales, réduit à défendre la nôtre, a rassemblé, pour combattre
sous ses drapeaux déchirés, sous ses aigles
noircies, quelques vieux guerriers mutilés
et quelques paysans, faits soldats avant qu'ils
soient hommes : de vingt peuples soumis à
son empire, voilà le reste; et cependant
l'Europe ne peut le vaincre. Il falloit qu'on
sût bien que c'étoit Dieu qui l'exterminoit.
Loin d'être abattu, il menace : des portes

de Paris il donne rendez-vous à Vienne. Mais tout à coup celui qui défie tous les soldats de l'Europe, se trouble à l'aspect des citoyens d'une ville fidèle : inébranlable devant le monde armé, il chancèle au seul cri de *vive le Roi!* nos princes nous sont rendus ; la légitimité reparoît dans tout l'éclat de ses bienfaits ; à sa vue, l'usurpateur est renversé. Mais un tel géant ne perd pas toutes ses forces d'un seul coup : il se relève, apparoît à Waterloo, tombe encore; et cette dernière chute le jette au milieu des mers, sur un rocher, où le trépas l'attend, à deux mille lieues du théâtre de sa renommée. On dit qu'un saule est le seul monument qui couvre les cendres de celui dont l'orgueil s'étoit promis le marbre et l'or de Saint-Denis ; on dit que des troupes anglaises, assistant à son convoi, lui ont rendu

un simulacre d'honneurs militaires · de toute
la France, il ne lui étoit pas même resté un
grenadier français pour faire feu sur sa
tombe.

IMPRIMERIE DE C. J. TROUVÉ,
rue des Filles-St.-Thomas, n. 12.

9 782014 051506